山永遠都在

I am still what I was.

我還是小安

安婕希

U0108232

序

　　我其實沒有想過自己還會再出第二本書，但能為不同時期的自己留下紀念，對我來說很有意義，很感謝你們陪我走過了青春到女人，一起成長陪伴彼此，在很多低潮的時刻，你們的一句鼓勵跟訊息都能帶給我力量，就像你們說我能帶給你們力量一樣，這本書把我到目前為止的人生故事都寫進來了，有快樂、悲傷也有希望，平常在螢幕前安靜的我，慢慢地把內心話用文字表達出來，希望這本書能讓你們看到更真實的我，也能更貼近你們，謝謝你們陪我一路走到這裡。

　　人生從來沒有巔峰、低谷，因為我們都還在路上，保持初心不變、勇敢前進。

海拔 0

馬拉松教我先學會呼吸

我其實是很可以獨處的人，宅在家裡多久都安心自在，原本並沒有很熱愛運動，但在認識馬拉松後，我發現每一次的堅持到底，都像是跟自己的對話，都是一次深層的自我了解。

這樣的領悟始於大學開始接觸馬拉松時。一開始是受朋友影響，幾位喜歡跑步的朋友會拉著我一起去練跑，我們五、六個人自己辦了個比賽，每個月里程數跑最少的人要請客。我不想輸，那陣子幾乎天天都出門跑步，下雨天也穿著雨衣衝進雨陣，連爸媽都覺得這女兒瘋了，到底是有多愛跑步？其實我就是認真想做

一件事情，就會拼到底的那種。

後來又跟著朋友一起報名馬拉松賽，先從 10 公里組開始，慢慢跑、慢慢練，逐漸進階到半馬。

坦白說，最初加入跑步多少有些愛美心思。雖然我一直很瘦，但太愛吃垃圾食物，為了維持身材、減輕卡路里帶來的罪惡感，這才認命去跑步，沒想到就此愛上跑完後全身流汗的過癮與放鬆。

對我來說，馬拉松不只是運動，更是了解自我身心的過程，在一次又一次的練習、休息中累積戰力，選擇適合自己的跑步節奏。

曾經在高架橋上差點被大太陽曬到中暑、也曾經在大雨中穿雨衣跑完全程、也難忘在臺東池上配著秀麗山嵐稻浪美景完賽的經驗。不意外，一開始的成績都慘不忍睹，反正我也不追求拿第一，目標就是跑完全程。

有一次跑山路，真的覺得自己快「往生」了，突然看到前方有位老先生好努力地一步一步往前跑，他的背影彷彿散發著巨大的毅力，我太佩服了，就此被激勵到，就帶著這位爺爺的力量跑完全程。

每次參賽跑到快斷氣，我會給自己打氣：「我一定要完賽、只剩三公里了、只剩一公里了，我一定要跑完。」日常練習也會訂一個每日目標，說跑五公里就五公里，絕不半途而廢。我就是個會鎖定目標的人，如果我想要做到，就真的會去做到。

21.72 公里

　　後來工作忙了、又出國唸書，停了多年沒跑馬拉松，直到從日本回來後，我覺得應該再突破一次，所以又去報名了半馬。畢竟停滯太久，這次要強化訓練，固定每週有三天去跑步，一樣會設定目標，外加請教練幫我肌力訓練，目標是突破自己過去的半馬紀錄。

那場是女子馬拉松。我太過於緊張,導致比賽前一天完全睡不著,但我起跑前仍舊先熱身,並吃了些東西、喝了能量飲,內心熱血沸騰地出發了。邊跑邊看到其他選手的女子力大爆發,我感覺自己的配速似乎比平常要快,到五公里時竟開始有點抽筋。但是我不想停、不想放棄!

　　但當時腳真的太痛了，只好放慢腳步，內心小劇場也好多，一直想著：「我想要破紀錄！」便咬著牙繼續跑，把每個補給站當成我的小終點，告訴自己：「再三公里就可以喝舒跑、吃鹽糖了。」靠著這樣的自我打氣，才有動力繼續前進。

　　最難的是終點前最後一公里路，簡直像地獄一樣，體力耗盡、腳也痛到幾乎無法忍受，我不停自問：「我為什麼要在這裡虐待自己？」但只要這個念頭一冒出來，我就會調整呼吸，重新吸氣、吐氣，讓心靜下來。我告訴自己：「我只要戰勝自己就好、我絕對可以跑完！」

　　在抵達終點線前的最後幾步，我看到教練大喊著「加油！」當下真的差點流淚，又痛苦、又感動，因為知道大會有為跨過終點線的選手拍照，我還用最後的意志力擠出職業笑容，接著直接癱坐下來，倒在教練旁邊，流淚和他擊掌。我完成了！我打破自己的紀錄了！

　　這樣的精神，可以應用到生活其他地方。例如：我曾經為了練好一首吉他很難的歌「慢靈魂」，明明我的手很小，彈大吉他很吃力，但我覺得盧廣仲在那首歌彈的吉他太好聽，我還買了他的同款吉他，窩在家裡一直練。那時，就是拿出跑馬的精神，就告訴自己，我一定要練成這首歌，要練到和他一樣好。

　　這就是馬拉松教我的事，教會我好好呼吸、好好跟自己對話，不要小看自己，你比自己想得還要更強大！

成為藝人的開始

　　最早是高三時，我在飲料店打工，被路人拍了照放到 PTT 上後引起討論，當時就有記者來採訪、還上了新聞，之後甚至接到經紀公司的邀約去廣告試鏡。我那時候還年輕，覺得什麼都可以嘗試看看，最一開始去試鏡，都是試飲料餅乾食品的廣告，簡單的自我介紹，拍幾張照片，就開始要不斷地吃跟喝，因為需要各個角度跟不一樣的情緒，所以通常會吃很多次，所以我想像每一口都是最美味的第一口，剛好我是很貪吃的人，好像可以把食物吃得很好吃，飲料喝得很好喝，沒想到就試鏡成功了，也從此開啟了模特生活。

　　第一支是飲料廣告，那時的我好生澀，面對鏡頭好緊張。廣告播出後，也經常在學校被同學無惡意地開玩笑，之後我便一支接一支地拍下去，常常利用空堂時間去試鏡、拍廣告、拍 MV、拍平面作品。

　　大三時，因為拍攝學校的新聞作業，意外被媒體的攝影大哥拍了照，放到網路上，又掀起另一波討論，隔天就有記者到學校來採訪我。還記得當時我被嚇到了，完全不敢相信，一個大清早

都還沒睡醒的女學生，竟然會被討論的這麼熱烈。

　　因為這件事，我又被更多經紀公司看到，他們問我想不想走演藝這條路，讓我認真考慮了好一陣子。原本拍廣告只是半工半讀，還沒想清楚未來真正要做什麼，因為大學實習有在電影公司做過製片助理之類的幕後工作，加上自己個性比較害羞、慢熟，沒那麼喜歡被大家關注，所以原先比較想走幕後工作，覺得自己個性可能不適合當藝人，當時便拒絕了上門的機會。

　　直到有一天，我當時的網友：簡廷芮，想找個女生組團，透過共同朋友問我有沒有興趣，約出去聊了幾次之後，覺得我們蠻合拍的，有個伴的話好像也比較安心，之後就與她成為了工作上的好夥伴。當時我想著自己也才 20 歲，還年輕可以先做做看，人生還有修正的機會，如果真的不行再考慮換跑道。

　　我從小喜歡音樂，小時候學過長笛，高中也想讀音樂班，後來因為媽媽說讀音樂班的出路比較少，才選擇了一般高中就讀。

　　但我最後還是組了團，並簽進唱片公司，訓練一、兩年後，在大學畢業那年正式以女團方式出道。

　　出道之初，我滿腔熱血，很積極地學吉他、學唱歌、學創作，還努力克服社交障礙。但起初很矛盾的地方是：「我其實沒有那麼喜歡被關注的感覺，卻要做著被大家關注的事情。」但我的確很喜歡音樂，所以總會在其中找到平衡。

　　老實說，正因為我們是女團，有夥伴在身旁我才敢出道，如

果只有我獨自一人，應該就不會了吧！我個性怕生、慢熟，甚至不知道如何主動跟別人講話，尤其在不熟悉的環境下，就更沒有安全感，常常不自覺躲在夥伴後面，也還好她是個很活潑外向的人，幫助我了解在這個圈子應該要盡量表現、要更活潑一點、要勇敢講話，但這些看似平常的事，我都覺得好困難。

記得我們出道後的第一個通告是上「完全娛樂」宣傳，唱歌的時候，我握著麥克風的手不停發抖，嘴巴也在抖，不知道該做什麼、也不知道主持人跟我說話時我要回應什麼，心裡一直叫囂著：「我為什麼在這裡？我在幹嘛？我要做什麼？」

我花了好長時間去調整心態，隨著自己多上幾次通告，校園演唱、節目宣傳、電臺訪談漸漸變多了後，才開始適應自己身為藝人這件事。我努力改變自己，去很多節目遇到人，不管是見過幾次、或是很不熟，我都會主動上前去打招呼，雖然也只是很客套地幾句，聊不到什麼，但我確實很努力地去改變了。

印象中，比較多大哥的臉會較為嚴肅、不笑，但仍會跟我點頭示意，我都覺得很感謝，還有其他如歌手、業界的前輩蠻多也都很親切。但老實說，我覺得自己一直沒能真正融入這個圈子，是直到出國回來後，才慢慢打開自己，現在再遇到圈內人，感覺已經比以前好很多很多了。

我的個性上可能不是那麼適合娛樂圈，不過我覺得很幸運的是，自己可能傻人有傻福，儘管跌跌撞撞，一度挫折，一路上仍舊遇到許多貴人的幫助，讓我從來不後悔 20 歲那年的決定。

家人給的愛

　　家庭對人的影響很大，家庭教育、成長背景的不同，都會長出不一樣的自己。我覺得自己能出生在這個溫暖的家，是件非常幸運跟感恩的事。

　　爸媽很愛我和姊姊，他們自己的物欲很低，但是對孩子卻一點都不吝嗇。給我們衣食無缺的富足生活之外，還讓我們學音樂、學才藝，一到假日就帶著全家出去玩。他們也培養我們金錢觀念，不要浪費，想要的東西得自己賺錢買，像是我小時候很喜歡買唱片，就瞞著父母偷偷跟同學跑去發傳單賺零用錢，之後到唱片行買到喜歡的偶像唱片都好開心，或有時候課業表現好，爸媽也會獎勵我去買，漸漸地我覺得很多東西不是輕易就可以擁有的，也更珍惜生活中的一切人事物。因此父母從小到大給我們滿

滿的愛，真的讓我很感謝。

　　我崇拜爸媽。小時候的印象就是爸爸很忙，經常要往來各地
出差，常常要飛去哪裡工作就不在家半個月，但他再忙也從不缺
席我們每一個成長時刻。記得以前上幼稚園的時候，有一天下課
了卻沒有人來接我，好像是爺爺奶奶出國旅行了，媽媽還在上班，
所以同學都回家了，只剩我跟老師一起在幼稚園玩玩具。傍晚時
分，當日落餘暉照進教室裡時，我沒想到會看到爸爸出現。

　　那是爸爸第一次來接我，他為了接我提早下班，提著公事包
很匆忙地跑進來。他走進來時有種電影場景裡英雄人物登場的感
覺，不知道為何就覺得好開心，如此忙碌的爸爸跑來接我，真的
是很特別珍貴的回憶。長大後，爸爸有時會偷塞零用錢給我們，
還因為怕媽媽覺得太寵我們，所以要求我們保密，因此生活中很
多小確幸其實都來自我爸。

　　媽媽比較像我的榜樣，從小就很會念書，總是班上第一名的那種乖巧好學生，所以經常督促我們要用功，假日也會陪我去圖書館看書。別看她個子小小的，但其實一點也不柔弱，是個務實有想法的人，從屏東鄉下獨自北上打拼，大學半工半讀、畢業後就有很好的工作。

　　在成長過程中，媽媽都會告訴我女生要獨立要有能力，必要的能力就盡量去取得，我 19 歲時得到的汽車駕照也是她叫我去考的，這樣想去哪就可以靠自己。有次她帶我去義大利旅遊，我才知道原來去一趟就要花好多的錢，但她想要帶我去看看世界，這也確實間接影響了我，希望能好好賺錢帶自己跟家人出國走走。

　　許多理財觀念也是她教我的，做自己能力範圍內能做的事情，所以我從小就蠻認真存錢，起初的工作錢也幾乎都是媽媽在管理。由於我學生時期比較沒有物慾又很愛工作，幸運的在大學畢業就存到第一桶金，之後就都是自己理財了，開始學習投資，懂得區分想要跟需要。直到現在比較有能力後，我才願意花錢在自己身上，吃想吃的東西、去想去的地方、以及買喜歡的東西讓自己開心。去年也買了我自己的第一台車，原本我爸想偷偷贊助一些，但我媽始終如一地阻止了他，讓我要的東西就要自己買，這樣才會好好珍惜，也是，我到現在開車都超級小心保護它，畢竟是辛苦錢換來的，這些日常的小事情都是媽媽無形之中影響我的。

　　大我三歲的姊姊，我從小到大都喜歡纏著她、跟在她旁邊，像個跟屁蟲一樣，就算後來她嫁人了，我也照樣「騷擾」她。姊

姊整整高我十公分，我們小時候很愛吵架，吵到後來變打架，因為她個子比我大，隨便一拳就能讓我倒地，我都只能用哭的來博取爸媽同情，她就會覺得我很卑鄙，雖然她很愛欺負我。但是在外面總是很保護我，只有她可以欺負妹妹，其他人不行！長大後，反而變成我比較叛逆，她就必須擔任起爸媽眼中的好姊姊，姊姊是拉大提琴的，不僅琴拉得好，成績也要好，相較父母對我的要求就沒這麼高，難道這是妹妹的福利嗎？

因為我非常纏姊姊，所以她也知道我所有的大小事，就算她不想知道，也會被強迫分享，她常常都覺得很煩不想聽，但因為耳朵是閉不起來的，也只好邊做自己的事情，邊聽我講話。我到現在還是會每天打電話或傳訊息，有時候被她罵我竟然還很開心，覺得自己有點被虐傾向，但僅限於對姊姊，而且每次出國我不一定會買自己的禮物，但一定會買禮物給她，因此她不僅是我姊姊，也是我很重要的好朋友。

我們家一直都是比較開明的教育，讓我們自由發展快樂成長，會給我們意見但不會干涉太多，可是當我決定要進演藝圈時，爸媽免不了的還是會擔心，畢竟對他們來說那是比較陌生複雜的環境，也可能因為是女兒，顧慮比較多，所以在簽約之前，他們也會幫我一起看合約，叮嚀我在工作場合要懂得保護自己，也會去認識一下我的經紀人跟夥伴們，讓他們放心，之後在這圈子待比較久後，就放手讓我做自己想做的事，感謝他們信任我、支持我的所有決定，要出國唸書也是，每一步都支持著我。

家，永遠都是我最重要的避風港。

海拔 1000

第一次上山（郊山）

　　小時候，爸媽雖然忙，但一到假日就是家庭日，爸爸會開車載我們姊妹出去玩，常常跑到郊外、野溪、山上，最有印象的一次是去合歡山，那也是我人生第一次看到雪，非常興奮，到了山上後，我跟爸爸就下車，在外面玩雪跟堆雪人，興奮的心情已經讓我完全不怕冷，媽媽跟姊姊則是冷到發抖一直待在車上。那時候印象好深刻，原來自己那麼小就跟雪結下了緣分，只要看到雪就好開心。

　　但如果真的要說第一次爬山，好像就是臺北的象山。當時爬個象山就覺得好累，雖然只是簡單的階梯，但還是會很喘。登上山頂後，一眼望去，看到 101 跟整個臺北市，在蔚藍的天空下，被陽光照得閃閃發光，樹的味道與鳥的聲音，好像整個城市慢了下來，讓我覺得途中的疲勞都值得了，從這個角度看我平常生長的地方，可以感受到這種前所未有的舒暢感，可以說大自然真的有療癒身心的魔力。

　　從那時開始，愛爬山的種子默默地在心中播種而下，開出鮮綠的嫩芽。

第一次的演唱會

　　大學還沒畢業就簽進唱片公司，是必須要好好訓練自己的，同時也需要一些演出經驗來磨練，所以簽約不久後就要準備人生第一場演唱會，那時真的既緊張又興奮，上課之餘就是練團、練吉他、練唱，不喊苦、不知累，從未上過舞臺的我，甚至連每首歌中間要講什麼話都會一字一句寫下來，做了很多心理準備，就怕上場後詞窮跟尷尬。

　　我還看了不少歌手的音樂會，因為我很喜歡田馥甄，所以偷偷把她當作榜樣，希望自己可以向她學習，連表演當天的穿著靈感也來自於她，我穿了自己買的古著長裙跟牛仔長外套，飄逸的感覺讓我比較自在。

　　我在第一次練團後赫然發現，自己其實很喜歡玩樂團，那一陣子私下的歌單清一色都是搖滾居多，像是 one ok rock、

coldplay、oasis 等等，那時還想像著如果能組個樂團該有多好，樂團魂深受他們影響！

我很懷念那時滿腔熱血的自己，懵懵懂懂單純為自己喜歡的事衝刺，還不知道現實有多無情。那也是我第一次表演自己的創作，「夢的藍圖」是我 19 歲寫的歌，那時就是一個滿腔熱血的青年，「用自己的角度，尋找夢的藍圖，不停的狂奔在直線加速，堅持我的態度，展現好的天賦，不管別人怎麼說，不認輸。」

這也是第一次在公開活動上見到支持我的粉絲們，好不可思議。天哪！沒想到我那時還沒正式出道，只是個還在唱片公司培訓的大學生，已經有這麼多人支持我，覺得很感謝。

初次演出時我很緊張，看到這麼多粉絲更緊張，但我永遠記得他們在臺下充滿期待的眼神，給了我很大的力量，讓我更勇敢邁向出道的第一步，去追求自己的夢想。

第一次出書

其實我從沒想過自己會出書，所以聽到有出版社來邀約時很驚訝，但也很開心可以在青春年華留下一本書當作最美好的回憶。

記得那時是去花蓮拍攝寫真書，攝影團隊全員女生，我們就好像一起出去旅遊那樣，全程都好開心，一點也不像是去工作。在花蓮，沐浴在山與海的大自然之中，我獲得滿滿的能量，印象最深刻的是我們在海邊露營，彈著吉他唱著歌，和原住民聊著天，那時就發現，這種隨性、自在的生活，正是我的嚮往。

印象深刻的是拍攝時，很多小蚊子叮的我手腳都是，但我就是個超級會忍的人，為了工作我可以咬牙過去，一直到拍完才發現雙腳都是腫包。還有晚上在深山，另一臺女攝影師的車好像卡住過不去，只有出版社老闆是男生，他就下車去幫忙移車，當時就留我自己一個人待在車上，路上沒燈沒人我就靜靜待著，腦海裡不斷胡思亂想一些恐怖電影情節，覺得驚嚇卻要維持冷靜。

等到書印刷出來，看到成書的那一刻，真的很感動，這是我人生第一本書，當時也覺得可能是最後一本，家人買了好幾本，分送給親朋好友，裡面的文字收錄了我曾經寫的歌詞，有很少女、很青澀的自己，紀錄了我的青春時期。

原來出書是這種感覺啊！後來還辦了北中南簽書會，跟粉絲和書迷見面，也是替我的人生增添了一項里程碑。

第一次演戲、舞臺劇

　　我第一次演戲是演八點檔，那時候戲已經拍到一半了，但需要加入新角色，我就被邀請去試鏡，從通知我試鏡到確定要開拍，時間不到一星期，一切都來的好突然，沒有什麼心理準備就要上場了，過程壓力真的好大。

　　當時每天睡不到幾小時就要上工，也常常在當天才拿到劇本，對於我一個新人來說，真的是很大的挑戰，每天早上梳化時才開始背臺詞、轉場的時候也在背，深怕自己拖累了大家。

　　最常跟我對戲的演員是苗可麗姐，我覺得自己很幸運，可以在第一部戲就對上資深又願意教導後輩的優秀演員。她在戲裡飾

演我的媽媽，而她真的就像媽媽一樣照顧我、給我信心，就算現場的氣氛很低迷，甚至攝影大哥有時會因為佔位或 NG 對我爆粗口，她也都會安慰我，當下就覺得很溫暖，也有勇氣繼續努力下去。後來經過這幾個月的磨練，我感覺自己成長了許多。

　　舞臺劇也帶給我很多養分。之前一直覺得舞臺劇演員應該都是科班出身、或是非常有經驗的演員，所以當時連我都覺得奇怪，導演怎麼這麼有膽量敢用我？真的是替她捏一把冷汗。

　　但我發現，我好喜歡排練的那些日子，與其他科班出身的演員們相處，雖然才短短幾個月，但我從他們身上學到了好多，表演時感情該如何收放、對白的呈現方式、如何讓自己更投入於角色之中，大家一起暖身、一起檢討，當時的我們因為舞臺劇而聚

集在一起，一同成長的過程中，感情也變得更緊密。

我真的是演戲之後才發現演戲的樂趣。我覺得自己會喜歡演戲，一部分原因是我平常不太敢做的事，可是在角色裡可以做。我上節目會害怕，那是因為「我」要做，但演戲沒那麼怕，是因為我在角色裡，那不是我，所以好像做什麼都沒關係。

我在舞臺劇裡演的是一個很火爆、講話很直接的大姐頭，個性跟真實的我完全相反，排練和演出的那幾個月裡，我發現，原來直接開罵是這麼爽的事，我自己平時是都放在心裡就算了，但這個角色的經驗讓我發現，直接罵人其實很過癮。

曾有人問我，歌手出身卻跑去演戲，有沒有什麼轉換過程？我覺得在表演層面，我不太需要調適什麼心態，因為一直以來，如果只是專注在唱歌、演戲這些專業上，到了就工作，那很單純，相對起來是比較輕鬆的事。難的是面對演藝圈的社交與人際，真的好難，沒有「角色」保護的我，根本融入不了，我很努力，常常也只能做到現場打招呼，私下很難有交情。

我常常形容自己很像無尾熊，反應慢但很溫和、感性，又像穿山甲，喜歡獨處，碰到危險時會縮成一顆保護自己，也像含羞草，對外在事物相當敏感。

正因為這些個人特質，讓我覺得在演戲時可以釋放自己很多未被激發的部分，我既內向又敏感，但是對於鏡頭反而沒那麼恐懼，我可以扮演不一樣的角色，那是很有趣的事。我很開心能夠跟這些角色相遇，他們多少都會對我生命產生一點點影響，成為我生命的一部分，也能愈來愈了解自己。

第一次戀愛

　　我的父母很開明，並不禁止我在求學時期談戀愛，只要求我大學以前不可以住男朋友家，所以我的初戀發生在高一升高二的時候。

　　那時每到假日，我固定都去圖書館念書，早上八點就要拿號碼牌，才能排到自修室的座位，固定會到圖書館念書的人就那些。有一次在圖書館閉館時，有個男生傳了一張紙條過來，說想要認識我，我抬頭看了看他，他跟朋友笑了一下就跑掉。我雖然有點不知所措，但覺得他有點可愛。

　　之後每周到圖書館時，我開始注意這個男生有沒有來，也不記得怎麼開始的，我們變成會相約一起在圖書館讀書、一起去咖啡廳讀書、一起牽手去公園散步，漸漸地就在一起了。

　　初戀，不知不覺地開始，後來也在不知不覺中結束，男生考上大學、開始工作，我們少了聯絡，很自然地淡了，我也專注在課業上，就分開了。

　　雖然只是短短幾個月的戀愛，青澀、單純，絲毫不轟轟烈烈，但這淡淡的初戀，我至今想來還是會心一笑。

　　只是沒想到，他之後竟然進了演藝圈當藝人。

　　我們分開之後就完全沒有聯絡了，記得在我出道幾年後，有一次在節目中遇到，真的好尷尬，我當時不知道他還記不記得我，但又覺得不可能會忘記吧？他應該沒想到我也會進演藝圈吧？會不會認不出來？心裡的 OS 好多。

　　最後遇到時，我跟他打招呼說「你好」，他也很客氣地回「妳好」。我就想，難道你不認識我了嗎？很像初次見面的兩個人，但是要在工作場合相認也是挺尷尬的，還是就這樣當曾經熟悉的陌生人好了。

第一次失戀

　　初戀稚嫩，第二次的戀愛還是很懵懵懂懂，當時的自己還不太懂什麼是愛，別人喜歡我、對我好一點，就很容易被感動，就覺得可以在一起試試看，儘管一開始可能沒有對方那麼爆衝、強烈，但會隨著時間而愈來愈喜歡他。我的愛情和我的個性一樣，都是慢熱型。

　　和第二任男友交往一年多後，有次我跟家人去南部玩回來，他突然約我到他家樓下說說話，我很開心地去找他。沒想到見面時，對方臉色怪怪的，一開口就提分手，而且還坦承他是劈腿。

　　他親口承認自己跑去夜店認識了另一個女生，兩人就很突然的在一起，那女生還在他家裡，逼他下樓來跟我提分手。他邊講邊哭，我還幫他擦眼淚，我沒哭，因為當下就不相信，那時也根本不知道「劈腿」這回事，只想著明明兩人就好好的，也沒有吵

架，自己還腦補猜測他是不是因為要出國讀書，我們被迫要分開，所以故意騙我說他喜歡上別人了，想讓我死心？

後來發現，真的不是，他是真的劈腿了，他鉅細彌遺地說著所有的事情，對我拼命道歉，逼不得已要跟我分手，「好的，沒事的，掰掰。」我自己坐上公車回家，眼淚突然失控狂流。到家後媽媽嚇壞了，直問我發生什麼事，我嘴裡說沒事，但眼淚還是狂流不止，好像關不上的水龍頭一樣。那一個月裡，我好像變了一個人，每天睡前都在哭，媽媽每天早上幫我收拾衛生紙。我像是被抽離了靈魂、只剩軀殼。

當時年紀小，不知道被劈腿是這樣的感覺，不會處理自己的情緒，也開始懷疑自己是不是不夠好。這次失戀的確給我帶來一層陰影，從此對愛情充滿不安全感，因為當時如果他不主動說，我根本不會發現，依然繼續跟他在一起，談我一個人以為的戀愛。這樣的結果，讓我以後怎麼再相信愛情？

重新相信愛情

　　我在高三的時候考完學測推甄上大學，那時候很流行無名小站打網誌，我有篇寫自己上銘傳大傳系的文章，所以學長姐可能搜尋一下就會找到這屆大一新生，那時我也有在網誌分享我在飲料店打工的日常，就有學長一直跑來買飲料，但我當時還不知道他是學長，以為是一般的客人，是直到大一新生訓練時，我才發現，咦？這不是常來跟我買飲料的人嗎？之後我加入系學會，他又剛好是我這組的學長，一連串看似不經意的巧合，讓我們遇到跟相處的機會越來越多，不到幾個月，我就跟他在一起了。

　　在一起後他才跟我說，他早就已經知道我是下一屆的學妹，所以一直來找我買飲料，看我會不會記得他，結果我還真的記得他，就是乾乾淨淨又有點文青的感覺。我們的興趣各方面都蠻合拍的，又同系，共同朋友很多，生活圈也一致，平常很喜歡一起出去拍照走走，就這樣很穩定的大學三年生活都獻給他了。

　　直到我升大四，也是他要去當兵那年，我們開始容易為一些小事吵架，講話酸言酸語的，我也會為因為他跟女生很好就吃醋生氣，現在覺得自己當時挺幼稚的，吵到最後，有點累了，我們就決定分手了。

雖然沒有走到最後，但珍貴的是，我們至今還是朋友；跟他相處也很像家人一樣，只是已經沒有戀愛的火花，沒有辦法再當情人，我們多年後都有了新的伴，也是很祝福對方，安靜不打擾，知道彼此都過得很好就好了。

跟學長分手後，剛好也是我要正式出道的時候，公司不希望我們談戀愛，我也沒有關係，就單身幾年，努力工作，全心投入在演藝事業，後來在這圈子久了，接觸的人不是幕前就是幕後人員，有跟音樂人、導演交往過，但也是無疾而終。

我發現我的「桃花」反而是在這幾年變比較好，出國闖蕩後，心態跟個性變得比較開放，以前會設限，不要這種、不要那個，但出去走一遭，見過更多人，發現各種人都可以交朋友，回來後，我開始接觸以前不會接觸的類型，連以前不喜歡看起來比較壞的男生，現在也沒有那麼抗拒，覺得每個人都有他的優點跟有趣的地方，會試著先做朋友看看。

當年第一次的失戀重傷了我，多年後的現在，早已雲淡風輕，時間帶走了稚嫩，也讓我們更有智慧，愛情要兩個人都舒服自在，倘若對方想走，又何必再強求？

異國戀情

　　總會有幾段感情讓自己成長許多，我去日本待了一陣子後，也認識到了一些外國人，跟他們聊天都會有不一樣的觀念跟想法出現，讓自己大開眼界。有次我在國外唸書的朋友來京都找我玩，他也帶了他國外的朋友，我趁下課時間跟他們去吃飯，帶他們去神社、市集、唱日本 KTV、去音樂 BAR 還有當地的居酒屋，短暫的兩三天我也算是當了導遊，他們回國後，我們創了個 line 群組，偶爾無聊就會跟他們聊天或遠端視訊，他們會不時分享在國外的生活，我也會分享我在日本的生活，那幾天太開心太印象深刻了，多虧他們來玩，不然我一個人其實比較不會去那麼多地方。

　　我們原本都是群組聊天，後來那位國外的朋友，就開始主動找我聊天，甚至遠端幫我叫外送到家裡，我當時覺得太驚訝了，我朋友才跟我說，他從回國後就一直呈現戀愛中的狀態，幾乎天天都會傳訊息關心我有沒有吃飯，過得怎麼樣，分享喜歡的影集跟電影給我，假日的時候我們還會同步遠端一起看，雖然我們無法見面，但我也漸漸習慣了他出現在生活裡。

　　我原本理想的感情，是希望兩個人可以一起生活，一起去好多地方，但他讓我感覺多了一個心靈依靠，在不同國家生長的兩人，價值觀很不一樣，但也意外帶給我好多新的思維跟想法，雖然有漸漸喜歡上他，但我發現自己對遠距離沒有信心，想念卻又見不到面，還要加上時差，能聊天的時間好少，我有一天聊天就跟他說我們還是當朋友就好了，結果最讓我驚訝的事情發生了，在我跟他講清楚後的隔天，他就買了機票，飛來日本找我，他到

了京都才跟我說，我完全沒有料想到我還會再見到這個人，我們去吃了拉麵，他還買了禮物給我，很認真的當面跟我說想要在一起，希望我可以陪他瘋一次，我們都沒有遠距離過，但人生短暫別再怕東怕西的，就衝吧！

說好在一起後，相處不到幾天他就回國了，我也繼續自己的生活，我們每天就是靠視訊聊天，很感人的是，因為我們有時差，當我忙完要打個睡前視訊電話時他都要早上了，但還是會陪我講話，我們見不到面，卻像是心靈伴侶，靈魂上是很契合的，他一有空就會飛來日本找我，好幾個月見一次，每次送他去機場我都會哭，因為不知道又要隔多久才能再見，好像一直在經歷分手一樣。他走後，我都會不習慣回到自己一個人的生活，難過個好幾天，在房間邊視訊吃飯邊哭，還會留一件他的外套下來，他也會帶一件我的衣服走，留下一點彼此的味道，我沒有想過自己可以談遠距離戀愛，身邊朋友都說太辛苦了吧！我也覺得，但愛上了能怎麼辦呢？

遠距離戀愛，很美也很脆弱，以前我都會很黏另一半，想要天天膩在一起住在一起，吵架了抱一個就好，但是遠距離，吵架了或是在難過需要人陪時，只能給彼此一通電話，還是得自己處理好情緒，一個人好好生活，照顧好自己不讓對方擔心，

我們保有很大的自由跟空間，各自生活著，但久了也會想，明明戀愛是兩個人的事，我怎麼總是一個人呢？想見卻不能見的感覺，有時候還蠻不好受的。後來，我們因為見不到面，生活越來越沒交集，便在某次電話中協議分開了。但我們還是朋友，在不同國度各自努力生活著。

在愛裡成長

　　長大後的愛情跟學生時期青蘋果似喜歡又不一樣了，從懵懵懂懂的初戀到現在，經歷了幾段在一起又分開、尋覓真愛的過程，一路上跌跌撞撞的，常常被某一些歌的片段，勾起一段回憶。

　　青春期的我，很需要人陪，遇到了喜歡又對自己很好的人，就會很依賴對方，把生活重心都擺在對方身上，但這樣的狀態使我失去了自我，甚至會因為對方喜歡什麼而去改變自己。如果愛情不如我所願、終至失戀，我可以哭上好幾個月，暴飲暴食，彷彿世界毀滅了一般。

　　直到現在，到了一個「女人」的年紀，好像打開了什麼開關，心變得好自由，我很可以跟自己相處了，一個人可以做好多事，逛街、泡咖啡廳、去餐廳吃自己喜歡的料理，我也可以一個人去看電影、一個人去運動。窩在家裡也開心、跟好姐妹出去也開心，每天都有好多事情可以做。

　　突然覺得，沒有愛情也可以活得很好，想幹嘛就幹嘛，自由自在的，沒有任何束縛。

　　但儘管一個人的生活很自由，我還是期待「那個人」出現，期待我的人生因那個人而綻放不一樣的火花。我的姊姊、身邊的朋友們，一個個都結婚、生子，但我不著急，耐心等待與我靈魂契合的那個人出現。

　　我相信緣分跟宇宙的安排，一個人也好、兩個人也罷，都可以追求幸福，有愛情的滋潤很好、沒有愛情的日子也一樣可以過得很滋潤，緣分到了，自然會再遇到的，在愛情來臨之前，先好好愛自己。

人生的低谷

一、對事業的麻痺

入行之初，我對任何事物都很有熱情，可以整天窩在房間裡寫歌、彈吉他，試鏡上了廣告或戲劇都很興奮，拍照、宣傳、表演、出席活動，每一樣都覺得好有趣。

但漸漸地，現實消磨掉我的熱情。例如：一開始很有衝勁，要求上吉他課、想學很多東西，卻被告知吉他不用太強，我只好自己找老師，那像是自己想衝、卻沒有人要一起衝的感覺，有點無力，再後來又遇到創作不被認可的打擊。

　　當初為了要讓自己創作的 Demo 更完整，我認真學編曲，上網研究，又買鋼琴、買 midi，寫完一首歌就會把全套編曲做好，把鋼琴、鼓一一打進去，花十幾個小時，沒日沒夜地弄成一個完整的 Demo 交給公司。自己的創作不被收用、被打槍，我並不會太受傷，本來就沒有一步成功的事，我願意多多磨練，所以還是繼續創作。

　　後來要辦個人的小型音樂會，我以為可以唱自己的創作了，卻還是得到「那些歌還好，還不能表演」的回應，當時只是有點失望，沒想到後來才得知，是公司的人認定那些歌不是我寫的，是別人的創作、別人的編曲，只是以我的名義提交，所以才不讓我表演。

　　我當時心情好複雜，一方面因為自己的能力不被認可而難過，一方面又在想，是不是編曲的成品不錯，所以你們才會覺得是別人做的？難道我給人的感覺就是笨笨的、什麼都不會的樣子，所以才會被這樣認定？雖然我是真的不聰明啦！但至少對於想做的事情，我真的都會非常認真、拚盡全力。

　　我多少被這件事情打擊到了，心寒到不想解釋，雖然還是持續寫歌、交歌，但一再被退件，也漸漸失去信心，愈來愈不想寫歌。到後來乾脆停下來，我想有那麼多人能寫那麼多好歌，收歌進來就好，我就算了，midi 鋼琴都還在，但我寫不出旋律了。

　　自己的創作不被認可，又因為出道團體的形象是美少女，唱的都是很甜、很可愛的歌，衣服也是穿那種夢幻篷篷裙風格，和我平時簡單、率性風格大相徑庭，我總是一邊懷疑著「我為什麼要穿成這樣」，一邊唱唱跳跳。

　　那段時期真的像行屍走肉。我反抗不了，不敢抗議，奴性堅強，公司說什麼我就做什麼，就算提出意見後還是改變不了什麼，我就只能沉默接受，只是內心吶喊著「不適應」。

　　後來，有幾次安排了新的試鏡，我毫無動力，就會藉口不舒服逃避，已談好的工作，由於合約，我會應付地完成，像是為工作而工作，該笑就笑、該唱就唱，但毫無靈魂、沒有熱情，就是消極怠工、再也沒有絲毫享受的感覺。

　　加上那時和公司有些磨擦，自己的感情也出現問題，又陷入被網路攻擊的負面情緒中，心裡悶著，悶出生理狀況，酒糟性皮膚炎什麼的過敏都出現了，最後大概有一點憂鬱症傾向吧，我甚

至連遺書都寫好了，沒有要做什麼，只是覺得有些事可以先交待一下。

這樣的倦怠狀態維持了一年多。就算我希望能給大家溫暖且正面的能量，但也知道自己無法辦到，我有低潮、我有不快樂，我會哭，對原本充滿熱情的工作麻痺了，重感情的我也開始對人有點恐懼、失去信任感。我想要逃離這一切！

於是我決定要把自己關機、好好重整一番。

五年的合約到期後，我毅然放下演藝工作出國去。

二、對抗網路的攻擊

這不只是公眾人物的噩夢了，在一個網路的世代，任何人都可能遭遇鍵盤殺手攻擊，被躲在網路彼方的陌生面孔傷害。我本來就是比較害怕被關注的人，在內心還不夠強大時，發現網路上好多人亂講亂傳關於我的事，我在意卻又無能為力，狀態不好時更容易被影響。

我一開始很玻璃心，每次有朋友告訴我又在哪裡看到我被亂講話了，我都會陷入自我懷疑跟檢討，你們為什麼要這樣說我？為什麼要一直逼我？是我哪裡做不好讓你們討厭了嗎？

那些鍵盤殺手雖然說著「某女團成員」，名字什麼開頭的，但各種線索指向我，說我和男生怎麼樣怎麼樣、學生時代還到處劈腿云云。但我明明是被劈腿的那個啊！各種無中生有搞得我身心俱疲。

那時候的我，也還不像現在能看得開、想得通，所有情緒都悶在心裡，也不會說出來向人求助，總想自己去處理不好的情緒，但事實上處理得很不好。

現在我懂了，不管我做得再好，都會有人討厭，都會有人看不順眼，何不好好做自己呢？人生太寶貴了，不要浪費心思在不相干的人事物上。現在看到酸民們在網路上亂罵，我反而會很同情他們，這些人的人生應該過得很空虛很痛苦吧？

我曾經覺得這樣的文化很可惡，有多少人承受不了打擊而離開這世界，應該要有所防治、管制，但後來發現這真的太難了，

現在社會的言論太自由了，大家說自己想說的話、相信自己想相信的，匿名也不必負責，網路上時時刻刻在交戰，每天都有鍵盤評論，有人受傷、有人挺身，各執一詞，只有爭吵沒有定論，只見火光沒有真理。

我們能做的，就是保持良善，且無視這些惡意攻擊與留言，這種冷漠不代表不在乎，而是覺得不必再花時間和注意力在這些無謂之上。

最終還是回歸自身的生活吧！關掉手機，珍惜純淨的時間，好好地去喝杯咖啡，體驗現實生活中的美好，就讓那些人留在虛擬世界裡戰個你死我活。

放飛自我

我是個慢熟又壓抑的人，以前不太會表達自己的想法，很多事情都放在心裡，像悶葫蘆一樣，喜怒哀樂不太會顯現在臉上，永遠都很平穩淡定的樣子，像個乖乖牌，做好每件該做的事。

但真的，日子一久，真的會悶出內傷。2018 年，我決定暫停演藝事業離開臺灣，我強烈地渴望自由，決定放自己去飛，聆聽內心那股強烈的聲音：「放下一切，不管這世界怎麼看我、怎麼想我，我不想再符合任何人的期待了，我要追尋自己的內心。」

我很任性地去日本、去澳洲、去其他國家，那兩年內，到處去體驗想做的事情、認識各式各樣的人。原本很害羞、內向的我，意外發現自己在國外什麼都不怕了，我可以一個人去旅行、吃飯、做任何事，遇到陌生人也可以聊天，反正沒人認識我，不像在臺灣總覺得綁手綁腳，怕會被亂講，有次只是和朋友在外面吃個飯，朋友幫我去拿餐點，要我坐在位子上等，隔天就在 PTT 上發現自己被隔壁桌發文罵「公主病」，諸如此類的困擾，在國外時都不需要擔心。

我發現，完全做自己的狀態原來是這樣，真的太痛快了！

記得在國外的某一天早上起床時，好像突然打開了某種開關，彷彿醍醐灌頂，我對於人生有種領悟，真的，能好好活著就該感恩，隨遇而安、不慌不忙，往自己所想的方向前進，要懂愛與知足、能反省與感恩，與苦樂共處，一生歲月靜好便足夠。

這兩年徹底改變了我，我願意傾聽內心，不再擔心別人怎麼想，明白只有自己能陪自己到最後，所以在有生之年，要先愛自己、做自己真正想追尋的事情，沒有再顧慮東顧慮西，想做什麼就做，想說什麼就會說，個性也變得比較開朗。

從此我愛上了旅行。旅行讓我感受到生命與生活的魅力，不再趕時間踩點、列購物清單、買伴手禮，而是到一個地方停下來，慢慢體會當地的文化，把自己投入陌生的語言、空氣、人群中，期待迎接任何意想不到的體驗。

在異地生活的這些日子，我拓展了眼界，對一切人事物變得更包容與溫柔，了解自己的喜好，也更貼近世界的感覺。

愛上滑雪

第一次接觸滑雪是在澳洲。那時候澳洲的友人們都很愛滑雪，就帶我一起去 Perisher，這才有了滑雪初體驗。

記得前一天是住在山上的一個小木屋，四周什麼都沒有，開過去的路上蠻恐怖的，沒有任何路燈跟其他建築物，烏漆麻黑的只有動物跟草地，完全身處在大自然中。我們晚上開著火爐，外面滿天星斗，頓時覺得時間彷彿暫停了一般，一切都好美好美。

清晨 5 點起床，大家一起動手做早餐，餐後出發前往滑雪場。畢竟是人生第一次，我穿好鞋子上雪板，卻怎麼站都站不起來，一起身就跌倒，但朋友們都是老手，他們抗拒不了雪的召喚，迫不及待想去飛，我便短暫地接受教練指導一堂課，就跟著上山。

可是菜鳥如我，一下纜車就跌倒，滑了幾步又跌倒，根本沒辦法下山，心裡暗暗懊惱，深深覺得被這些朋友騙了，滑雪太難、不好玩，可是我偏偏又是個很頑固的人，怎麼摔都不怕，在哪裡摔倒就在那裡爬起來，再摔倒就再爬起來，只可惜最後因為要關門了，我還是被車子載下山，也算是解鎖了乘坐雪上摩托車的經驗。

雖然那次最終沒能學會滑雪，但我從此對雪有種莫名的愛。後來去了日本，正式踏上滑雪之路，一到週末放假就上山滑雪，就算沒有人陪，一個人也要去。

某次找不到人陪我去，我就一個人扛著雪板搭巴士上山，全車都是成群結伴的，只有我是一個人，但我一點都不覺得彆扭或奇怪，只有滿心的期待。到了滑雪場之後，我一個人在雪地裡自由奔放、一個人躺在雪地裡看雪，還意外遇到日本男生們來搭訕，玩夠了、累了、冷了，就一個人到餐廳吃我最愛的咖哩飯。

　　這就是自由自在活著的感覺。

　　還有一次，我搭纜車上山，準備從山頂往下滑，滑雪場的日本大叔還問我要不要喝杯啤酒呢？真的太酷了！我下去後就在餐廳喝了杯生啤酒，微醺地再滑下山，這個體驗真的太過癮、太自在！

　　像我這樣內向、安靜的人，卻在銀白世界裡找到解放和自由，雪對我就是有一種魔力，只要看到就會很開心，甚至還默默希望，未來另一半也能跟我一樣喜歡滑雪就好了，兩個相愛的人，一起在雪地裡自由奔馳，那是多幸福的事啊！

接受自己的不完美

我們在成長過程中，總會不知不覺地被這個社會各種潛在或明示的規矩約束著，但誰說一定要長成什麼樣子才是美？誰說外向者就優於內向者？誰說一定要有高學歷才會有好工作？明明每個人都是獨一無二的自己。

以前的我不知道反問，還以完美主義者的精神，不只把每件事做到符合社會要求，更要達到我自己的標準，心裡才過得去，這真的是件很辛苦的事情。

出社會後，必然面臨許多壓力。我記得第一次去校園演出後，發了一張照片到社群網站，下面就有留言說我的腿太粗了，當時年紀小、剛出道，什麼意見都很看重、被說什麼都很在意，所以馬上開始節食，不太吃東西了，嚴格控管自己的體態，甚至到了病態的程度，就為了不再被人攻擊。

現在想想，誰說不可以腿粗？誰說腿粗就是罪？每個人的審美觀不同罷了，健康有自信才是最重要的，所以我現在吃得很開心、也運動得很開心。偶爾在健身房遇到演藝圈的前輩，他們都說我以前過瘦了，現在看起來也健康許多。

　　唱歌也是如此。我其實對自己的歌聲沒什麼自信，會唱歌的人實在太多，我是喜歡音樂、喜歡唱歌，但對於自己還不是有實力的歌手這點，有著自知之明。即使上了很多唱歌課想求進步，卻始終覺得自己最多就是這樣了，所以過去常陷入自我懷疑：我這樣子憑什麼出專輯、憑什麼辦音樂會？根本是別人還沒攻擊我，我就先攻擊自己了。

　　直到遇見了現在的歌唱老師，他給了我好大的支持力量。他說：「會唱歌的人很多，但是被看到的人很少，不是一定要多會唱歌的人才能發片，重點是要有自己的特色、要有人想聽你唱。」

　　我開始覺得很幸運，能做自己喜歡的事情、又有人支持著，不用再懷疑自己，那就唱吧！我學會肯定自己，每週去上課，不只學唱歌，還學著愛自己不完美的聲音，面對且接納它。

　　想到自己以前是完美主義者，什麼事都想做到最好，寫東西、音樂、拍照，沒做到最好就寧願不拿出來，否則我就會覺得很不舒服、很丟臉。這或許就是那時低潮的原因之一，我沒辦法接受那類型的曲風和造型，過不了我自己這一關，可是又要我表演好，表演時就會很卡。

　　但在遇到好老師，又出國走一圈之後，我接受了自己的不完美，不再鑽牛角尖，我能相信不完美使人成長，人生也多了一些樂趣。所以停止成為眾人眼中期待的那個人，成為自己喜歡的自己就好。

認識自己、逃離舒適圈

　　我從學生時期就開始接觸演藝圈，但一開始完全沒想過真的要走這一行，可是大學沒畢業就組團簽公司、一畢業就出道，這樣走著走著也十年了。在 26 歲那一年，應該是事業正要好好衝刺發展的時候，我選擇離開熟悉的一切，去到陌生的國度追尋自己的夢想。

　　這個想法本來就在規畫之中，因為一直很喜歡日本，國中開始看日劇，還因為看到日本電影「太陽之歌」女主角在街頭彈唱的模樣，才去學吉他，早就想好有一天要去日本讀書。

　　只是原本想的是再過幾年，沒有想到這個內在渴求來得這樣

早，在感情、事業都失控的那一年，我真的出發去日本了，即使
要放下原有的一切並不容易，但我還是很慶幸自己勇敢飛出去。

　　確定要走時，我沒有特別告訴支持我的朋友們，只在「海
邊的卡夫卡」辦了一場音樂會，希望臨別前再見見大家，講得好
像就此不再回來了一樣。沒想到，才唱到第二首歌，我就哭了，
不知道是看到歌迷太感動，還是很自責沒有宣布我要暫時離開的
事，我就哭了。

　　我向來報喜不報憂，但歌迷們多多少少都知道我那陣子的狀
態不太好，他們一直在默默地關心我，讓我更覺得沒有把離開的
事告訴大家很不應該，對自己的悄然消失感到愧疚，可是我不想
弄出難過的場面。

　　那天之後，我就開始打包行李，自己搞定學校、機票跟住宿等等安排，然後拉著行李箱就出發了。拋下在臺北的一切，包括煩惱。

　　抵達日本的機場後，我上了一輛接駁車，同車有來自各國的學生，要前往不同學校唸書，大家都準備迎接一個陌生但讓人興奮期待的全新開始。我就這樣到了住宿處，用極破爛的日文和房仲小姐確認租屋合約與一切租屋手續後，正式安頓下來。

　　我記得，我一個人坐在不到 10 坪的小房間裡，心裡想著：「我真的來了，我要一個人好好生活了。」第一天就獨自去鴨川走走，那是我愛上京都的地方，在陌生的環境，沒有人認識我，語言也不太通，但是我的身心都感覺放鬆、自在，還有一份期待。

　　老實說，到日本的第一週也會感覺到孤單。一開始日文不好，又不知道去哪吃飯，只好都買超商的食物回家，去買傢俱自己扛回家組裝，接電、接網路。到後來自己採買自己煮飯，為了生存努力學日文，敢於和陌生人「破冰」，能跟各國的同學相處，早晚擠電車，突然發現自己比想像中更獨立。

　　可能以前待在舒適圈太久了，有家人呵護、朋友陪伴，所以一開始以為自己出國會很艱難，何況在這之前我是個生活白痴，不會煮飯，是個 3C 盲，銀行事務對我來說就是亂碼、天書，沒想到這些在我去日本後都會了，為了可以生存，我努力學日文，為了省一點開銷，我開始去逛超市買食材自己回家煮，雖然一開始都很失敗，但沒關係，反正是煮給我自己吃的。為了安裝電視

網路或 3C 產品，我努力上網找說明書，一步一步解決，買回來的傢俱也是自己慢慢組裝，其實還蠻有成就感的。

　　獨自一人的異地生活，幫我過濾掉好多讓我焦慮分心的人事物，與自己相處的時間變多，開始更了解自己是個怎麼樣的人，時間慢慢地過，以自己喜歡的步調過生活。曾經的我是那麼地焦慮不安，卻在遠離一切熟悉的事物後，學到了好多，把自己掏空，騰出更多空間來容納全新的人事物。

　　雖然在女藝人最黃金的年華停下工作，到日本一年多，我一點都不覺得浪費，就這麼一個「暫停鍵」影響重大，我整個人都變了，心態更開放、個性更開朗一點，不再像以前那樣閉鎖，我變回那個身心健康的自己了。

暫時離開社群的日子

去了日本幾個月後，獨處的時間變長，環境的差異與孤獨感，讓我不得不好好面對自己，沒想到這反而成為我快速成長的推力，靜下來聆聽內心的聲音。就是那幾個月，我幾乎斷絕社群網站，讓自己完完全全的活在當下、踏實過生活。

那陣子，我每天規律地搭地鐵去上課，下課後就到常去的咖啡店買杯咖啡，再去超市採買食材，回家煮飯、寫功課、洗衣服，做完所有事情，再彈彈吉他、唱唱歌，睡前放個精油，聽著音樂睡覺。

假日固定跟朋友們出去走走，神社常會舉辦市集，我會買手作盆栽跟植物，回家擺在陽台上。在市集上，我喜歡跟老闆們聊天，他們都很喜歡臺灣、特別是九份，聊起來倍感親切；有時候也有人彈吉他唱歌，我一定會停下腳步聆聽，感受當下的音樂、微風跟氛圍。

一切的步調都是我喜歡的，踏踏實實活著的感覺真好，不再有網路上爆炸的資訊和評論影響生活，那幾個月我活得好踏實。

我原本就沒有特別喜歡被關注，也不想不時地在社群上告訴外界我在做什麼，但是工作時，公司都會叮嚀我，每天要發文、拍照、好好經營社群媒體、以及跟粉絲互動，結果光是想著每天要發什麼內容就好累，陷入了一種虛擬社交的焦慮，好像要發一下近況才有存在感、去了哪裡做了什麼事情沒人看到就沒意義、沒看到朋友的限動就是人際關係失職等等。

　　到日本那段休息時間，再也沒有人能要求或控制我，我完全脫離社群，真的是前所未有的快樂，我不再忽略當下，不再因手機螢幕而焦慮，做一件自己開心的事情、成為自己生命中的主角，本身就是有意義的事，不需要再公告周知。想見朋友就約出來當面好好聊天，面對面的、有溫度的交流才是最有情的。我學會在快速的世界裡慢活。

　　現在，我要不要在社群平台上發文，已經毫無壓力，沒有人逼我，而是我有想分享的事情，想說的話，想分享的東西，就會主動分享，這才是真實的情感。

國際化

來到日本後，我認識了來自多國、各式各樣的人。

有位韓國妹妹很可愛，很喜歡教我講髒話，我也禮尚往來教她中文的髒話，國際禮儀嘛！

還有一位泰國男生，上課都要聞一種醒腦的東西，據說很多泰國人都會這樣用，所以我也受影響，到學校後都跟他借來聞一聞、醒醒腦。

還有一位義大利妹妹，長得好漂亮，常常看到她跟學校裡不同的男生談戀愛，真的是浪漫的少女啊，姊姊我真羨慕。

最大的收穫當然是認識很多日本人，除了同學之外，還有因為工作認識的長輩，有大阪人、京都人、東京人，不同地域的人都不太一樣，我最欣賞大阪人的幽默和爽朗。

有趣的是，原本不常喝酒的我，因為要跟著大家去居酒屋吃飯聊天，也會入境隨俗地來杯生啤，第一次喝時，真的有種：「哇！好幸福，入口的一瞬間太舒壓了！」的感覺。這就是在日本的生活滋味啊！

合歡山東峯海拔

合歡山東峯海拔

海拔 3421

人生第一個百岳

這幾年常常接觸大自然，出國時又喜歡到郊外走走或是上山滑雪，聞到大自然的味道，整個人都清爽起來，發現自己在山上時，會格外的自在和開心，大概是因為山上人少吧！我喜歡往山上走，前年正式開始挑戰百岳。

第一次，無論如何先買齊眾多登山裝備，畢竟沒有經驗，不知道自己體能如何、有沒有高山症，但真的很興奮，前一夜根本睡不著。

那天一早搭高鐵南下，由嚮導開車帶我們四個女生前往山屋，第一天先爬石門山，沒想到在路程中，一開始很興奮，之後漸漸地開始暈車，在一個休息處大吐特吐，這還沒踏上征途呢，身體竟然先軟弱了。

可是吐完之後，抬頭一見滿眼是漂亮的山景，雲海，彷彿在人間仙境一樣，我立刻滿血復活，又充滿了力量。順利抵達山屋，簡單整備後，向我的第一座百岳出發。

雖然沿途是石階，爬山的過程辛苦，但一直很充奮，全程是開心的。到了山上，雖然氣溫偏涼，但天氣很好，舉目四望，夕陽時分的天空竟是粉紫色的！實在太美了，美到我想哭，太浪漫、太夢幻了，我還跟嚮導說：這裡好適合求婚。

拍下留念的照片後，我們趕緊下山，此時天色已黑，需要開頭燈了，我的身體很累，可是心情亢奮，運動過後吃一頓山中晚餐，雖然樸實，仍然讓人感受到滿滿的溫暖。更因為此時氣溫已漸漸降至零下，我們要趁著浴室門口顯示的溫度還有三、四十度時，趕快去卡位，否則只能在臭哄哄睡覺和洗成冰棍間二選一了。

隔天凌晨要出發往合歡山東峰，應該早早休息，可是我清醒著，從倒數八小時、六小時、三小時，算到剩下不到一小時，一再強迫自己閉上雙眼快快睡，偏偏因為興奮、或著因為海拔高，輾轉反側，完全睡不著，又期待又擔心即將到來的新挑戰。

　　起床，喝熱飲暖身一下，不過才凌晨二、三點，我們就頂著滿天的星斗，感受著零下的溫度，調整好頭燈，手握著登山杖，隨著導遊出發了。此時冷到人會全身發抖，但因為嚮導說，合歡東峰以前是滑雪場，在日本愛上滑雪的我就很期待看看古老的滑雪場，所以一直很興奮。

　　本來以為我在睡眠不足的狀態之下，體力可能會很差，結果出乎意料，愈爬愈起勁，可能是因為我邊爬邊吃著最愛的洋芋片，一整包嗑完了，沒有感覺到累，也猜想凌晨二、三點本來就是我平時的活動時間，加上另外兩位同伴同樣也是一夜失眠，她們走得慢，我就不時停下來等大家，略作休息再出發，根本不覺得累，後來還可以不靠登山杖的輔助，分她倆一人一根。

　　本來在黑暗中的我們，前進都必須仰賴著頭燈的光線辨識路線，我看到很多星星，後來天光漸明，山中景色顯現，漂亮到極致，我吃著洋芋片，愉快地往前行，不知疲累，只想著要把握時間，因為目標是登頂看日出。

　　終於！我成功了！標示海拔 3421 的石碑就在前方，我興奮地跑了過去，這時候山頂已有小部分山友，導遊說我們時間正好，只要再等待 10 分鐘就是日出時刻，我環顧四週，真的好美，雲海包圍著山，而一點一點的亮光慢慢從雲後透出來，直到耀眼的太陽完全升上來。

　　那一刻，心裡感受到極大的感動跟滿足，山上很冷，但真的太值得這一路的追日。

海拔 3952

有不愛戶外的朋友問我，為什麼要忍受寒冷、不便、疲累，這樣自虐地往山上跑？我想，那種過癮的感覺，就跟跑馬拉松一樣，過程可能很痛苦，但我就愛那種到達終點、攻上峰頂的成就感。

當然，真的很辛苦的時候，也會出生「我是誰、我怎麼會在這裡」的念頭。那是我爬玉山的事了。

玉山，一直都在我的人生清單中，有生之年一定要站上去的臺灣第一高峰。2021 年 11 月底的一天，我從出發前一晚就興奮地再次失眠，抵達山莊後，可能因不適應海拔，又開始頭痛，在床上翻來覆去滾了好久都沒能真正入睡，直到早上 5 點，就起床刷牙洗臉，準備出發上玉山。

山上很冷，尤其清晨，但天氣很好，空氣裡透著一股沁人心脾的冷冽清新，路上還有些許楓紅，一夜沒睡的我一點都不累，整個人好期待，也許這就是山上的魔力吧！

　　我們坐接駁車到登山口，整理好裝備，拿好登山杖，扣好登山包，出發！

　　我跟著嚮導的步伐，欣賞山中美景，身處在大自然裡，彷彿整個人充滿了正能量，與每位經過的山友互相打招呼、彼此加油打氣，記得有位從山上下來的伯伯還跟我說：「今天山上出大景喔！人品大爆發好幸運。」原來前幾日雨下不停，剛好這天出大太陽，我也覺得好幸運。

　　在山裡，我充滿力量，雖然氣溫在攝氏 10 度以下，但我爬到一件一件脫掉外衣，只剩運動內衣，瞬間覺得自己真青春啊！手機播放著喜歡的歌曲，陪著我一步步往上走，走著走著，經過大石頭，不忘坐在上面拍照，也欣賞一下美景。

　　爬山跟跑馬拉松一樣，都是最後幾公里特別累，每一步都好沉重，最後的兩公里，我心裡的打氣詞是：「我要到排雲山莊吃雞腿飯！喝熱湯！」

　　終於到了山莊，卸下行囊，坐在外面的椅子休息，剛好是夕陽西下的時刻，眼前的畫面美到難以言喻，夕陽無限美好的光輝從雲海中散出來，好夢幻，而消縱即逝又警示著人們時間的珍貴。我不敢相信，我真的在玉山之上！

　　晚餐時間，大概在山上的所有食物都會變得特別好吃，因為真的太珍貴了，吃下去的每一口都是美味，真的要謝謝辛苦背食材上山的人們。

　　我喝了一碗金針菇湯，第一口就認定，這是我這輩子喝過最好喝的湯！因為這碗湯裡有淚水啊！辛苦的淚水！我還拿了雞腿，和好大一碗肉燥飯，大碗到嚮導怕我吃到吐，要我分一點給他。

晚上 7 點半，鋪好睡袋，我把自己完全包在睡袋裡面，還貼了兩個暖暖包，但在一度左右的氣溫中，體感溫度大概是零下好幾度，我勉強睡了一下，晚上 11 點就醒了，只好閉著眼等待凌晨二點半的早餐。

起床時，冰冷的水讓人冷到想哭，瞬間清醒，簡單地吃過粥與小菜的早餐後，凌晨 3 點多，又頂著頭燈出發了。

我一直以為自己不怕冷，所以穿得有點少，偏偏這一天的天氣很差，比前一天更冷，又因為半夜沒有陽光，我一直發抖，接近頂峰時，山上已經起霧下雨，我的衣服全濕掉，整個人接近失溫，嚮導貼心地把他包包內的外套給我穿上，但不管怎麼穿，還是冷得刺骨。

我還是專注眼前的步伐，路上很黑，什麼都看不到，只有頭燈照到的那一小塊前路是清楚的，搭配呼吸慢慢走，也不知兩邊的情況，會不會一不小心沒踩穩，就跌下不知多深的山，從人生畢業。

從排雲山莊到登頂的這一段路更難了，路上很多石頭、路徑陡峭，某些路段還要拉繩索，我一路發抖地前往，偶爾遇到山友

們、還有前一日遇過的叔叔阿姨，大家打招呼互相加油。我很喜歡這種感覺，在山上，大家都是好夥伴，分享食物、分享水，充滿人情味。

走著走著，儘管天色正逐漸變亮，烏雲卻愈來愈厚，眼前的路都看不清楚，一片白茫茫的，濕氣濃重，開始下起雨來，我第一次覺得每一步都要靠意志力，每一口呼吸都要好用力，當下我很想哭、也真的好冷。

好不容易到了離山頂 300 公尺的大石頭邊時，看到全部山友都停在那裡躲風雨，大家都在討論是不是要繼續往上登頂。我默默地蹲在一顆石頭邊，感覺自己要失溫了，完全講不出話，只能把包包裡最後一件雨褲也穿上，好像靈魂都被抽走了，但我真的很想上去，畢竟都堅持到這裡了，好想上去跟那顆石頭拍照、留下紀錄。

可是嚮導覺得太危險了，風大雨大，地面濕滑，惡劣天氣下，最好不要逞強，而且這種能見度下，登頂後什麼也看不到，即使我們都走到這裡了，絕對可以上去，但為了身體跟安全考量，還是撤退吧！

關於撤退—山永遠都在

　　下山的過程，我們淋著雨，前路不清、又好冷，我真的幾度偷偷掉淚，那是身體的不舒服，加上沒能登頂到石牌拍照的遺憾，加總打擊下的難過。可是以前的我可能會執著，現在我能接受不完美，留點遺憾也是美，就像山友說的，勇敢決定撤退，也是個很好的山野教育，安全回家永遠是最重要的。

　　那天下山，嚮導知道我冷到快失溫，特別堅持要我跟上較快的步伐，以免走愈久愈痛苦。我專注在呼吸、專注每一步，石頭很濕，很多地方還積水，走起來非常困難，我不斷告訴自己，踩穩了再走下一步。好幾度祈求上天保佑我平安撤退。

　　這幾個小時裡，除了呼吸，我腦袋也在運轉，思考著人生，爬山真的跟人生一樣，過程充滿起伏，沒有永遠的好天氣，也不會一直刮風下雨，我們只能調整心態。生活的確不易，每個人都有各自的關卡要過，都有各自的頂峰待攻克，我目前能做的，就是好好活在當下，走好腳下每一步，完成這一趟旅程。

　　在那段艱辛的撤退路中，每次看到剩幾公里的牌子，就會又燃起一點動力，就像跑馬拉松時一樣，每一、兩公里就是我的小目標，就這樣一路打氣、一路前進，最後終於走回登山口了。身體好似被掏空一樣，好累、好狼狽，但心是滿足的。儘管我沒能走完最後 300 公尺。

　　我換上乾淨的衣服後，洗了一把臉，感覺身體正逐漸回溫。開車下山到平地，我就請大家吃一頓火熱的麻辣鍋，謝謝夥伴們的互相照顧，我們在山上是生命共同體，這一點讓我感動，我覺得自己很幸福。

　　我發現我好喜歡挑戰自己，尤其隨著年紀愈大，也能感受到生命的短暫，想做的就要趕快去做，不要害怕，因為餘生，我不想後悔。

　　還要再挑戰百岳嗎？肯定的，山上是多麼的美麗跟迷人，我現在才三座，還會繼續往山裡走。至於玉山，就先不補上那 300 公尺了，2022 年想挑戰奇萊南峰或是其他美麗的山。

愛上音樂

　　我跟音樂的接觸算早，記得大概八歲時，媽媽就送我跟姊姊去學音樂，姊姊學大提琴，我學長笛。

　　當時加入了國小的管弦樂團，我早自習、下課後跟寒暑假都要去樂團練習，為表演跟比賽準備，我們學校的樂團出去比賽都是前幾名的，還算是有名，所以指揮老師很嚴格，吹不好，就拿指揮棒打，或當著全團的面前罵人。我真的是在高壓的環境下與音樂一起成長。

　　可是到了國中，我就好感謝這位老師，因為國中的管弦樂團分兩團，一團專收新生，一團是學長姐代表出去比賽的，經過以前的魔鬼訓練，我進去考試後就順利加入「資深」團，每天沉浸在音樂裡，我就開始愛上音樂了。

　　媽媽覺得我把長笛學好就足夠了，可是我那時還想考音樂班，便堅持再學鋼琴，我就用少數的零用錢省吃儉用，不吃零食

全存下來拿去買鋼琴譜，回家自己摸索。

　　所以我很早就發現，只要我想做一件事，就一定會全力以赴，雖然最後家人要我考普通高中，中斷了我的音樂家之路，但還是阻止不了我，當時看了一部電影「太陽之歌」，裡面的女主角在街頭自彈自唱，實在太吸引我了，於是行動派如我，又再跟媽媽要求要學吉他，幸而媽媽沒有覺得我學長笛、學鋼琴還要學吉他太煩人，感受到我強烈的欲望，就帶我去買了人生第一把吉他。

　　我報名了三個月的吉他課，瘦小的我背著大大的吉他，每週去上課就是最快樂的時光，學會了基本的指法後，又踏上自學之路。真的，當我真正愛上一件事時，就是可以如此的投入。

　　之後，我仍繼續在網路上自學吉他，也曾經跟著蔡健雅的影片學習，見到我崇拜的創作人韋禮安也好興奮，我還第一次拜託經紀人去問對方可不可以合照。音樂之路上遇到很多幫助我的人，能夠跟他們學習真是幸福。

寫歌

第一次寫歌是 19 歲的時候。

學了吉他，可以自彈自唱了，那時候跟大學的好姐妹住在小套房怕吵到她，我就常常躲到廁所唱歌，吉他彈彈唱唱，先出現了旋律，之後慢慢填詞，我的第一首歌就在廁所中誕生。

那時候常常跟好姐妹在宿舍裡彈彈唱唱，幾個簡單的和弦一直彈，旋律即興的就會哼出來了。打開手機的語音備忘錄，想到什麼就趕快錄下來。或是睡到一半腦中會突然有旋律，我也會半睡半醒打開手機錄，常常隔天醒來聽到都會嚇到，不知道自己在唱什麼。

當時我發現創作真的好有趣，所以之後又買了電子琴跟音樂軟體，開始自學編曲，瘋狂的時候我可以一整天都待在家裡做音樂，進入忘我的模式。那時候的自己真的好熱血，也跟音樂結下很深的緣分。

加入唱片公司後，我提出很多自己的創作，可惜都一直被打槍、退回，公司覺得不太適合女團，我當時寫的歌比較非主流，有些憂鬱、有些太搖滾，也許當時甜美路線的歌曲比較有市場吧！雖然有一點點挫折，但也知道自己努力不夠多。

我不善於表達，需要時間慢慢思考、再慢慢寫出來，用講的很難，但我可以寫出來化為音樂，寫歌變成是我抒發的一個管道，快樂的、悲傷的，都可以用音樂來呈現。雖然過了好久的現在，我好像失去這個技能了。

書寫還是我很喜歡的事情，它可以讓我抒發情緒，等到我某天靈感湧現，我會再繼續寫歌的。

心靈避風港

　　人的一生很長，路過的風景很多、遇過的人也多，我想，到現在還留在我身邊的人，都是真愛了。

　　我雖然慢熟、不善人際交往，也許是與世無爭的個性，其實在各個不同群體都能生存，也能與各式各樣的人和平相處，但身邊的知心好友永遠就是那幾個手指頭數得出來的人。

　　能有交心的朋友，是學生時期送給我最大的禮物，最好的姐妹都是從學生時期一路陪我到現在、像家人般的存在。以前同住宿舍，後來我出道，她們會來我的簽唱會、音樂會，我回母校唱歌表演，她們也一起回去。就算沒能見面，每天也會知道彼此在做什麼、吃了什麼、在想什麼，有哪些煩惱和快樂。

　　我們的行業都不一樣，成長背景也不同，有各自的忙碌和經歷，我很珍惜有這樣的朋友，長愈大愈覺得自己很幸運，從女孩到女人的過程都有彼此。

　　我甚至常常覺得，我不用交男朋友，說不定是她們害的，跟她們在一起就好快樂了。因為

任何節日、或是想做什麼事，我都會想跟她們一起，還要什麼另一半呢？我們甚至約好，以後一起住養老院，要記得推彼此去曬太陽，告別式要怎麼辦、葬禮要哪一種，也都交代好了。

如果以後都沒有另一半，我就要買個小木屋，讓我的姊妹們跟我住在一起。沒錯，我現在想像十年前後的自己，是個獨立自信的女人，不一定結婚、生子，但希望有個在大自然裡的木屋，然後被姊妹們環繞。

真正的朋友或許就是這樣，我們常常待在一起，可以什麼話都不說、也可以說個不停，不用刻意去填補什麼，能共患難、分享喜悅與哀愁，一起哭、一起笑，互相理解、互相幫助，朋友重質不重量，身邊有幾個摯友真的就夠了。磁場對了自然會走在一起，到現在還在身邊的你們，我都會好好珍惜。

永遠的陪伴

小時候我很怕狗，放學回家時如果遇到路邊有狗狗，我都要繞路，深怕自己被咬。長大後，因為表妹養了一隻狗，我試著克服恐懼跟牠玩，這才漸漸發現狗狗的可愛和純真。

20 歲那年，我帶回了人生第一隻狗狗，跟我一樣是摩羯座，到我家時才兩個月大，我每天跟牠睡在一起、下課就和狗狗玩，也永遠忘不了人生第一次赤腳踩到狗屎的感覺。

我的人生突然多了個陪伴，習慣了回家都有牠跑過來迎接，所有重要時刻都有牠，發片記者會時，爸爸媽媽把牠帶來找我，我差點哭出來；錄影時，姊姊也帶牠來陪我上節目；還有我的第一本寫真書，也跟牠拍照留下紀念。

出國的那一兩年，則是爸媽照顧牠，家人們拍下牠的照片給我，讓遠在異國他鄉的我持續感受牠的可愛，不再那麼孤獨。狗狗真的是人類最好的夥伴跟家人。

可是去年，狗狗生病離開了，我沒趕上最後一面，我哭了好幾天，撕心裂肺的感覺，很自責如果我在家，是不是就可以及時送牠去醫院、如果我能早發現牠身體狀況不好，是不是可以救回牠？但好多好多的如果，都來不及了。

我堅持要去送牠最後一程，像以前一樣，再摸摸牠。那一天，我跟牠說了好多的話：「天上有好多朋友，可以跟你一起跑來跑去玩耍，我以後再去找你玩！」那天之後，我不再哭了，我相信，我們的緣分很深，一定會再見。

是我的狗狗教會了我愛。牠毫無所求地給予我們無條件的愛，狗狗們的世界好單純、善良，牠的一輩子沒有我們人類長，卻全力以赴地活著，愛著身邊的人。親愛的狗狗，你永遠都在，只是換個形式在我們身邊而已。

高敏感族

　　我很喜歡探索內心的世界，常看一些心靈的書籍還有影片，有一天我無意間做了一個檢測，才發現到自己有高敏感的特質，沒有好也沒有壞，就只是一個特質，受到刺激時會有比較大的劇烈反應，但也比一般人更容易感受到喜悅。

　　我一直都很害怕看任何血腥暴力，那些畫面對我衝擊好大，甚至會頭暈想吐發抖，同樣的東西，在我的感官世界裡就會被放得好大好大。但也因為神經太纖細，很容易可以察覺到對方的心情，產生高度的同理心，所以常常當起朋友談話傾訴的對象。

　　還有一點，我很不喜歡待在磁場不好的環境下，我會感到壓力，本身內建了無比敏銳的情緒感受雷達，有時候也是挺困擾的，明明是別人在傷心，我也會覺得好難過，明明是別人在吵架，我也會接收到他的憤怒，很容易承受過多不屬於自己的壓力。

　　要拒絕別人，對我也是件困難的事情，過多地為他人著想，害怕傷害別人，最後卻苦了自己。

　　要接受這個敏感又感受力強的自己，也是需要練習的，受到刺激時就好好的深呼吸，真的不要再壓抑自己，不用勉強自己進入太快速的世界，找到適合自己的步調，生活也可以很順心的。

　　敏感不是缺陷，而是上天賜給我一個特別的禮物。或許它可以為我帶來更多的可能，因為情感會放很大，可以運用在表演上，也更能輕易享受生活的一切，察覺到一些平凡小事帶給自己的快樂。

我還有夢─我還是小安

　　算起來，從簽約算起，我入行十年了。我沒有辦法說自己已經適應了藝人這個角色、安於演藝圈這個環境，在鎂光燈之外，我還是像無尾熊一樣，慢慢的、溫和的、懶懶的，也可以說是像一顆快樂地沙發馬鈴薯，安安靜靜待在家裡做自己的事。

　　我想過，我唱歌、也演戲，但又不是完全的歌手或演員，現在是「藝人安婕希」吧，我希望有一天，我有一首代表作，有一部作品，一首人家一聽就知道是安婕希唱的歌。

　　就像爬山的登頂，放在事業，這就是我要登上的巔峰。

　　我經歷了起伏，有過逃離，又勇敢回來，捨棄了不安、自我懷疑、自我設限，對很多事都能抱著開放式的態度，事業、感情，我都願意嘗試。

　　重新出發，我不著急，我不再是初出道的小女生，如果人家在意我的年紀不用我，那就算了，無緣而已，自然會有別的出路。我仍保留了善良，我還是不爭不搶不屬於我的，我還是與世界和平共處。

　　但我想丟掉個性裡像穿山甲的這一面，不要再一受傷就把自己關起來。

　　我從未被五光十色帶走初心，我還是小安。

玉山登山隊

水靈文創　　山岳攝影師
經紀人妍希　　小安　　陳嵩壽　　　雪羊

國家圖書館出版品預行編目（CIP）資料

山永遠都在：我還是小安 / 安婕希著 . -- 初版 .
-- 臺北市：水靈文創有限公司 , 2022.08
面； 公分 . -- (Fansapp ; 133)
ISBN 978-626-95757-8-7(平裝)

863.55 111011018

FANSAPP 133

山永遠都在
我還是小安

作　　　者	安婕希
總 編 輯	陳嵩壽
編　　　輯	陳彥均
視 覺 設 計	林晃綺
山 岳 攝 影	雪羊
行　　　銷	張毓芳
出 版 社	水靈文創有限公司
郵　　　撥	台灣企銀 松南分行（050） 11012059088
地　　　址	11444 台北市內湖區內湖路一段 387 巷 3 弄 2 號 1 樓
網　　　址	www.fansapps.com.tw
電　　　話	02-27996466
傳　　　真	02-27976366

總 經 銷	聯合發行
電　　　話	02-29178022
初　　　版	2022 年 8 月
I S B N	978-626-95757-8-7
定　　　價	新臺幣 500 元